Rintscher Vertäll

VI

„rongk ö-röm"

van Bernd J. Henk

Bibliographische Information der Deutsche Nationalbibliothek
Die Deutsche Nationalbibliothek verzeichnet diese Publikation in der
Deutschen Nationalbibliographie; detaillierte bibliographische Daten
sind im Internet über http://dnb.d-nb.de abrufbar

Idee und Realisierung by hb
Umschlaggestaltung und Layout: Sascha
Umschlagillustration: Hinterglasmalerei Gereonsplatz
(früher: Neumarkt) in Viersen-Rintgen von Bernd-Jürgen Henk

Herstellung und Verlag: BoD-Books on Demand, Norderstedt
ISBN 9-783746-065380

Erzählungen
aus dem Rintgen VI

"r u n d h e r u m"

Rintscher Vertäll VI

"r o n g k ö - r ö m"

Bisher sind folgende Kurzgeschichten
in der Serie

„RINTSCHER VERTÄLL"

veröffentlicht worden:

Inhaltsverzeichnis

Wat doa dren schteet

No.	Vertäll	Sii-e

Vorwort

Auch bei den Rintger Erzählungen Nr. 6
sind wiederum aus einzelnen Worten
kleine Geschichten geworden.

Angefangen davon, dass man im Leben selten
etwas umsonst bekommt,
bis zu den Erlebnissen wie im Jahresrhythmus
der erste Schnee fällt,
haben die vielleicht banalen Erzählungen
oft einen satirischen oder historischen Hintergrund.

Manche Wortendungen sind der
gewünschten Reimform geschuldet.

Für ungeübte "Platt-Leser" empfiehlt es sich,
die jeweilige Zeile links vom Hochdeutschen –
nach rechts zum Dialekt weiterzulesen.

Jedenfalls wünsche ich viel Vergnügen,
ein glückseliges Neues Jahr,
frohe Ostern und Pfingsten,
sowie ein beschauliches Weihnachtsfest.

*

Vöerwoert

Ooch be deä Rintscher Vertäll No. 6
send nät uut enkele Woert
wär verschaie Vertällschtökskes jewoarde.

Aanjevange doavan, dat man em Leäve
sälde jät ömesöes kriit,
bös dat et möt d'r Mopp op et Eng aan jeet,
hät dii flee-its äffe Vertällerai,
döks ne satierische of historische Oiterjrongk.

Öm äver en Raimforem te schrii-eve,
send enkele Woert ö pinke angersch.

Vör Lüü dii sech möt "Platt-leäse"
jät schwoer dont, ös et flee-its leeter,
van lengs et huu-echdoitsch -
noa raits en Platt wiijer te leäse.

Op jede Vool wönsch ech üech vüel Plesier,
ö jlökselich Noijoar,
vruu-e Poasche en Pengste,
suewii ö senich Kersfeäs.

*

Umsonst

Nicht weit von uns weg wohnt Fischer Willi,
hört schlecht – und trägt eine Brille.

Irgendetwas war ihm über die Leber gelaufen,
er schimpfte – es war zum Haare raufen.

Von der Wiege bis zur Bahre,
nichts ist umsonst – du musst immer zahlen.

Gerade auf der Welt – da geht es schon los,
Willi zählt auf, was das alles kostet.

Die Hebamme und das Krankenhaus,
halten zuerst auf die Faust.

Das Taufwasser wird noch sehr teuer,
das wird dann später die Kirchensteuer.

Essen und Trinken an den Tagen,
danach verlangt nun mal der Magen.

Um den Körper eng und weit,
kaufst du Kleider für jede Jahreszeit.

Ö m e s ö e s

Net wiit van os aav wount Fischer Will',
hüert schlait – un dräech ne Brell.

Örejesjät woar öm över de Lääver jeloope,
heä joev sech aan't Schänge un Roope.

Van de Weech bös aan de Baare,
neks ös ömesöes – du bliiv's aan't betaale.

Jraat op de Wält – doa jeet et all loos.
Will' tällt jau op wat et sue koos.

Dii Heäversch un et Krongkehuus,
halde op et ii-ersch de Vuus.

Dat Dööpwaater wörd ooch noch ärech düer,
dat ös dän laater de Kerkeschtüer.

Eäte, drengke över Daach,
doanoar jüemt nu ens d'r Maach.

Öm et Liiv vör jedde Driit,
jäl'se Klaier noa de Joarestiit.

Die Schule, die Hobbys und der Sport,
das Fahrrad, das Auto – vielleicht einen Ford.

Feste, Ferien, die Liebelei –
sie hört nicht auf die Bezahlerei.

Hochzeit, Kinder – du kaufst ein Haus,
aus der Nummer kommst du nicht mehr raus.

Versichert wird alles an seinem Platz,
mit Opa, Oma, dem Hund und die Katz'.

Das Eine oder Andere noch nicht gezählt,
wenn die Knochen halten – was bedeutet schon Geld.

Und all die Dinge die dazu gehören,
fangen an dich nicht mehr zu stören.

Du kaufst einen Rollator und lässt dich fahren,
wegen der Glatze kannst du den Friseur leicht sparen.

Am Ende kommst du in den Sarg aus Buchen,
den darfst du dir sogar selbst aussuchen.

Nun kann ich Wille auch gut verstehen,
nichts ist umsonst nun ja, lass' nur gehen.

*

De School, de Hobby's un d'r Schport,
de Fits, en Auto – flee-its ne Ford.

Fäeste, Ferii-e, de Vraierai,
hüert dat nii op – dii Betaalerai.

Hochtiit, Kenger – du jäl's ö Huus,
uut dii Nommer köm'se net mii-er ö-rus.

Verseekert ös deä jontse Klimbim,
möt Opa, Oma d'r Hongk un de Mimm.

Dat Eene of Angere noch jaarnet jetällt,
wän de Knöek halde – wat ös dann blos Jält.

Un all dii Denge dii doarbee jehüere,
vange aan – dech net mii-er te schtüere.

Du koop's ne Rollator of löts dech maar vaare,
un wäejens dii-en Pläät – d'r Frisör kan'se schpaare.

Aan't Äng kömp'se en ään Kee-is uut Bööke,
dii döerf'se vörhär noch sälefs uutsööke.

Nu kann ech Will' ooch joot verschtoan,
neks ös ömesöes – alla lott maar joan.

*

Das Kochbuch

Mitunter passieren die verrücktesten Dinger,
da fiel mir ein Kochbuch in die Finger.

Ich blättere die Seiten mit Bedacht,
und lese – Kochen kommt als Kultur in Betracht.

Frei nach Bocuse – so steht da am Rand,
Männer sind als bessere Köche bekannt.

Ich schnappe mir den Kittel – das will ich jetzt wissen,
es sind nur fünf Gänge – und fertig ist das Essen.

Was man so braucht – hab' ich ja im Garten,
schnell getan – es braucht keiner zu warten.

Töpfe und Pfannen, Teller und Tassen
Wasser hinein – dann noch das Fett eingelassen.

Gemüse, Fleisch und etwas Soße daraus,
gewaschen, geschnitten – auf Teufel komm raus'.

Das Schweinefilet kross angebraten,
mit welchen Kräutern – wird nicht verraten.

Dat Koakbook

Mötonger pasii-ere de jäkste Denger,
doa veel mech ö Koakbook en de Venger.

Ech blää-er dii Sii-e sue senich duur,
un leäs – koake ös ooch ö Deel Kultuur.

A-la Boküüs – sue schteet doatösche;
Moanslüü send de beäste Köeche.

Ech schnapp mech deä Keel, dat wel ech nue wii-ete,
et send maar viif Jäng – dann jöev et jät te bii-ete.

Pötte un Panne jereet jesoate,
Waater un Vätt enjeloate.

Wat man sue bruuk – dat hab' ech em Jaart,
jau jedoan – et schteet alles paraat.

Jemöös un Vleesch un Denge vör de T'saus,
jewäesche, jeschnii-e op Düüvel kom ö-raus.

Dat Värekesfilee kross aanjebroane,
möt wat vör Jekrüer wörd net verroane.

Die Kartoffel kochen so vor sich hin,
eine Hand voll Salz muss da noch drin.

Inzwischen köchelt die Suppe und geht,
weil sie seit Stunden auf dem Ofen steht.

Das Dessert klebt und löst sich nicht auf,
ich schütte schnell eine Kanne Wasser darauf.

Alles brutzelt und kocht auf dem neuen Herd,
es dampft und flötet – Hilfe es explodiert!

Den Knall hab' ich nicht mehr mitbekommen,
alles flog durch die Luft – ich war ganz benommen.

Die Küche sah aus wie nach einem Krieg,
der Stuck von den Wänden und Löcher im Teppich.

Aber was soll ich lang'meckern und klagen,
da hab' ich mir ein Ei in die Pfanne geschlagen.

*

Di Eärpel koake sue vör sech hen,
en Hongk voll Soot mod doa noch dren.

Entösche ös dii T'sup all heet,
ömdat dii all Schtonde op d'r Oave schteet.

Dat Deseert kleäv voas un löes sech net op,
ech schött jau en Kann' Waater doa drop.

Ales pröteld un prötsch op deä noie Heert,
et damp' un flööt – et äksplodeert!

Deä Knall hab' ech jaarnet mii-er mötjekrii-eje,
Pötte un Panne dii jinge mech vleeje.

Dii Köök soa uut wii noar d'r Kreech,
deä Schtuk van de Wäng – un dii Löö-eker em Täppich.

Äver wat sal ech lang kwäste un klaare,
due han ech mech ö Ai en de Pann' jeschlaare.

Der Krakeeler

Die Uhr die schlägt – es war so weit,
der Magen kennt die Mittagszeit.

Die Familie kommt zusammen im Rintgen,
bei unserer Tante – dem fleißigen Finchen.

Gesellig sitzen wir an dem Tisch,
Freitags gibt es immer Fisch.

Mit Ruhe Essen – ganz genau,
heute macht Finchen Kabeljau.

Nun gibt es Leute – es ist nicht zu verhehlen,
sie sind bekannt, dass sie krakeelen.

Krakeeler können reden und wissen,
fühlen sich trotzdem von Anderen beschissen.

Von draußen hörte man Hein schon palavern,
er tat seine Reden nach drinnen verlagern.

Die Alkoholfahne schlug uns schon entgegen,
oft konnte Hein auch giftig werden

Deä Baajersok

Di Klok dii schläät – et woar sue wiit,
deä Maach – deä känt de Medestiit.

De Familisch kömp beeneen em Rintsche,
döks be os Tant' – dat rüüselije Finsche.

Jesällich sette wör aan d'r Doisch,
Vriides jöev et emmer Vöe-isch.

Eäte mod man joa möt Rau,
vandaach mäk Finsche Kabeljau.

Nu send'r Lüü dii habe en Braak,
joot bekännt als Baajersok.

Baajersoke könne kalle un wii-ete,
vööle sech emmer van Angere bedrii-ete.

Van buute hüer'se Hein all baajere,
öm doanoar sii-ene Kool noa bönne te verlaarere.

En Fuuselvaan dii schloech os teäje,
döks kuu-es Hein ooch jeftich weerde.

Hein hatte das Wort – dann legte er los,
was das neue Auto nicht alles kost'.

Sechzigtausend mit dem ganzen Klimbim,
da ist das Ersatzrad noch gar nicht drin.

Das Büffelleder – exklusiv im Preise,
wie auch der Halter für seine Pfeife.

Gespritzt von außen in Silbermetallic,
kostet extra – das war ja der Trick.

Am Kindersitz sollte man nicht sparen,
ein Navi – um sich nicht zu verfahren.

Obendrauf kommt noch die Steuer.
Auch die Versicherung ist sehr teuer.

Hein krakeelt weiter – hört nicht mehr auf,
der Kopf schwillt an – er nimmt's in kauf'.

Wir hatten gegessen und waren gegangen,
mit dem Krakeelen hat Hein von vorn angefangen.

*

Hein haad et Woort – due lääch heä loas,
wat dat noie Auto net alles koas.

Säestichduusent möt deä jontse Klimbim,
doa ös et Ersatsraat överhaup noch net d'ren.

Dat Böffelleär wüer äksklusiiv,
wii ooch deä Hoo-ek vör sii-en alde Piif.

Jeschprits van buute en Sölvermetallik,
koas wär äkstra – dat woar joa deä Trik.

Ne Kengersets noch vör de Blaare,
ö Navi – öm sech net te vervaare.

Boavendrop kömp noch de Schtüer,
un de Verseekering ös schäbich düer.

Hein baajert wiijer – hüert net mii-er op,
ongertösche krii-ech heä ne ruu-e Kopp.

Wör haade jejeäte un woare all jejange,
möt dat baajere hät Hein wär van vüere aanjevange.

*

Der Dorfer Bach

In unserem Gebiet – ihr könnt es ahnen,
lebten früher die Keltogermanen.

Genau wie die Menschen an der Loreley,
saßen sie bei dem Bach an der Nopper Bai.

Bai und Bach bildeten den Rahmen,
von der Viers – hat Viersen seinen Namen.

Die Römer und später die Franken,
legten über den Bach bereits Planken.

Das Wasser war so klar und rein,
immer mehr Menschen wollten dort sein.

Der Bach der wurde nun aufgestaut,
Weiher und Kaisermühle daran gebaut.

Von West nach Ost das Wasser fließt,
ab der Kimmelmühle er nun Dorfer Bach hieß.

Vom Alten Markt zur Hauptstraße und zurück,
musste man über die "Afferbrück".

Dii Döreper Beäk

En osere Schtreek – ör könnt et aane,
leävde vroijer de Keltojermaane.

Nät wii dii Minsche aan de Loreley,
soate dii be dii Beäk aan de Nopper Bai.

Bai un Beäk haade eene Naam,
van de Viers kömp Vii-ersche due vandaan.

De Römer - un laater de Franke,
laite üewer dii Beäk nu Plongke.

Dat Waater woar sue kloar un reen,
un emmer mii-er Minsche koame beeneen.

Dii Beäk dii woard nu opjeschtaut,
Waier möt Kaisersmööl doa draan jebouwt.

Van Wäst noa Ost dat Waater leep,
vanaav de Kimmelmööl se du Döreper Beäk heet.

Van d'r Maart noa de Hauptschtroat un t'röök,
jing et över dii Beäk lans de "Afferbrök".

Und weiter lief der Bach neben der Goetersstraße ,
vorbei an "Loefbleek" und Mühlenwasser.

Und weil das Wasser so sauber war,
lag die Hahn'se Badeanstalt auch noch da.

Der Bach war nicht mehr aufzuhalten,
konnte sich an der Rahsermühle im Weiher entfalten.

Der Bach dann letztlich weiter zog,
in die Niers – tief unten im Bruch.

Freud' und Leid waren mit dem Bach verbunden,
mal hat sich zu viel oder zu wenig Wasser darin befunden.

Heutzutage dümpelt der Bach kanalisiert,
kaum zu sehen – meist tief unter der Erd'.

*

Un wiijer leep dii Beäk de Goetersschroat opaan,
Möölewaier un "Loefbleek" loare jliik neävenaan.

Ömdat dat Waater van dii Beäk sue süüver woar,
loach en Baadeaanschtalt ooch noch doa.

Dii Beäk woar neet mii-er optehalde,
dii-en be de Roahser- of "Biestermööl"
sech en deä Waier envalde.

Dii Beäk nu emmer wiijer trook,
en de Niersch – bös deep en et Brook.

Vroit un Leed woare möt suu-en Beäk verbonge,
te vüü-el of te wenich Waater –
dat Schtök ös jesonge.

Vandaach driv dii Beäk kanaliseert,
koem noch te sii-en – deep onger de Eärd.

*

Karneval in Viersen

Vorab gesagt:
verrückt waren die Leute schon immer.

Karneval führt man eigentlich auf Brauchtumsfeste zurück,
dass soviel ich weiß, bereits hunderte Jahre gefeiert wird.

Der alte Brauch des "Schweinejagens",
den "Blechtopf" schlagen, den "Schnorr-Rundgang",
der mit Schinken, Speck, Eiern und
"Buchweizenpfannkuchen" belohnt wird,
ist so gut wie vergessen.

Früher war im Noppdorf der "Schleifenritt",
in Helenabrunn das „Hahnenköpfen",
im Bockert das "Heringsfassen"
und das "Kranzstechen" noch angesagt.

Allein dienstags; vor der Fastenzeit,
wurde Karneval gefeiert,
bevor dann in sechs Wochen
das heilige Osterfest anstand.

Fasteloavend en Vii-ersche

Vöeraav jesait;
jäk woare de Lüü all emmer.

Fasteloavend jeet joa op Bruuktumsfeäste t'röök,
un dat suevüel ech weet,
al hongerte van Joare jevii-ert wörd.

Deä alde Bruuk van et "Vuujaare",
d'r "Romelpott" schlaare, be d'r "Heische-Omjongk",
deä möt Schengk, Schpäk, Aier
on "Bokertskook" belount woard,
ös sue joot wii verjeäte.

Vröijer woar em Nopp dat "Schlaifkesriije",
en Lennebuur dat "Haaneköppe",
on em Bockert et "Heringsschörije"
on et "Krantsrije" noch aanjesait.

Aleen maar et Deentsich vöer de Voostentiit,
woard Fasteloavend jefii-ert,
bevör due en säes Weäke
et helije Poaschfäs aanschtongk.

Mit viel Krach und Palaver,
musste der Winter vertrieben werden.

Einmal im Jahr "Denen da oben"
einmal ungeschminkt die Wahrheit sagen,
und gegen verbotene Dinge der Kirche
"die Sau" rauszulassen,
das war für die Menschen ein vergnügliches Bedürfnis.

Maskiert ließen sich bestimmte Dinge leichter sagen.
Damit war gleichzeitig der Maskenball geboren,
und die Leute verkleideten sich mit viel Fantasie.
Darauf folgte später der Saal- und Straßenkarneval.

Von 1854–1927 gab es in Alt-Viersen
bereits mehr als 150 Vereine;
wie die Schützenbruderschaft,
die Junggesellen-, Gesang- und Sportvereine,
die etwas "auf die Beine" stellten.

Angefangen bei dem "Bohnenfest",
dem "Zigeunerball", der "Schnapssitzung",
der "Fettgebäcksitzung", dem "Frühschoppen",
bis zu den "Kostümfesten" mit Tanz- und Aufführungen,
war überall etwas los.

Möt vüel Tam-Tam on Palaaver,
moot deä Wengter verdrii-eve weärde.

Eenmoal em Joar "Däne doa boave"
ens onjeschmingk de Woarheet saare,
un teäje t'sich verboune Denge van de Kerk,
noch ens de Sau ö-ruut loate,
dat woar vör de Minsche ö heävich Plesii-er.

Maskeert dii-en sech suejät leeter saare.
Doamöt woar jüstement d'r Maskenball jeboore,
on de Lüü verklaide sech möt vüel Fantasii-e.
D'rop voljed laater d'r Saal- on Schtroatekarneval.

Vanaaf 1854–1927 joev et en Oot-Vii-ersche
all mii-er dän 150 Veraine; wii de Schötsenbröersch,
de Jongjesälle-, Jesang Schportsveraine,
dii jät "op de Been" schtälde.

Aanjevange van et "Boonefäs",
d'r "T'sijeunerball", de "Dröpkessetsung",
et "Muutsemanöver", d'r "Vroischoppe"
bös de "Kostüemfeäste" möt Dants- on Possenschpeele,
woar üeweral jät loas.

Vor hundert oder hundertfünfzig Jahren,
spielte sich die ganze Unterhaltung
in Viersener Wirtschaften ab.

Die Meisten hatten einen großen Saal
wie das "Hotel Gansen"
und die "Erholung" auf der Hauptstraße,
den "Krefelder-Hof" auf der Kaiserstraße,
den "Viersener Hof" an der Gladbacherstraße,
im "Kaiserhof" auf der Casinostraße,
und im "Hotel Dahlhausen"
auf der Großen Bruchstraße,
um nur einige aufzuzählen.

Wie nun die Festhalle gebaut wurde,
zog die "Große Vicrsener Karnevalsgesellschaft",
mit Präsident, Prinz, Garde und Elferrat,
1928 gleich in das große Gebäude ein.

„Büttenreden", Karnevalslieder und Tanz
bis zum frühen Morgen, standen auf dem Programm.

In den fünfziger Jahren
fanden die bekannten Sitzungen
bei "Küpes-Hüske", bei "Püll", bei "Hommen",
in der "Deutschen Eiche", bei "Markett",
im "Driessenhof" und in Helenabrunn statt.

Vör hongert; of hongertviftsich Joar,
schpeeled sech deä jontse "Tra-raa"
en Vii-erscher Wiirtschafte aav.

De Mee-iste haade ne jruu-ete Saal
wii et "Hotel Gansen" on de "Erhohlung" op de Hauptschtroat,
d'r "Krii-evelsche Hoaf" op de Kaiserschroat,
d'r "Vii-erscher Hoaf" aan de Jläbekerschtroat,
em "Kaiserhoaf" op de Casinoschtroat,
on be "Dahlhausen" op de Jruu-ete Bruukschtroat,
öm maar ö paar op te tälle.

Wii nu de Feäshall jebouwt woard,
troak dii "Jruu-ete Vii-erscher Karnevalsjesälschaf"
möt Präsident, Prints, Jaarde un Äleferroat,
1928 t'räktemang en dat jewäldije Jebouw en.

„Büttenreden", Fasteloavendsleedsches un Dants
bös et s'morjes vröich, schtongke op et Projram.

En de viftsijer Joare vongke dii bekände Setsonge
be "Küpes-Hüske", be "Püll", be "Hommen",
en de "Deutsche Eiche", be "Markett",
em "Driessenhoaf" un en Lennebuur schtatt.

Abgesehen davon, dass die "Alten Weiber"
donnerstags durch die Stadt und die Wirtschaften
bei "Kicherer", "Pschorr-Bräu", "Zur Waage",
dem "Haus Rheinland", dem "Stadtkrug" bis zum Bahnhof liefen,
gab es noch den "Großen Unterbeberich-Helenabrunner"-
den "Rintger-Viertel"- und den großen "Rosenmontagszug".

Inzwischen wird vom 11.11.,
wenn der „Hoppeditz" aus der Kiste klettert,
bis Karnevals-Dienstag gefeiert.
Dann reden wir von der „fünften Jahreszeit".

Zuletzt wird der „Nopp"
mit Weinen und Beten aufs Neue begraben.
Die Karnevals-Zeitung "Kladeradatsch",
lobte den Humor als beste Medizin.

Aber am Aschermittwoch ist alles vorbei!

*

Aafjesii-en doavan dat dii "Ool-Wii-ever",
et Danerschtes duur de Schtat un de Wiirtschafte,
van "Kicherer", "Pschorr-Bräu", de "Woach",
et "Huus Rheinland", d'r "Stadtkrug",
bös noar d'r "Baanhoaf" leepe, joev et noch deä
"Jruu-ete Ongerbäberik-Lennebuurer-",
deä "Rintscher Vii-erdel-"
un deä jruu-ete "Rousemoanesstsoch".

Ongerhongk wörd van d'r 11. em 11.,
wän deä "Hoppedits" uut dii Kee-is klömp,
bös Fasteloavend-Deenstsich jevii-ert.
Dann kalle wör van de „vii-efte Joarestiit".

Et läts wörd deä "Nopp",
möt Jrii-ene on Beäne op noi bejraave.

De Fasteloavends-T'seitung "Kladeradaatsch",
loav'ed deä Humor als beäste Meditsiin.

Äver aan Aischermedwoch ös alles vörbee!

*

Die Schlankheitskur

Alles fing ja damit an:
"es sind noch Kartoffel in der Pfann'".

Auf geht's - dank sei dem Koch,
den Rest – den schaffst du auch noch.

Dazu einen Schnaps und ein leckeres Bier,
heute und morgen – das wünschte ich mir.

Hintenherum – sie konnten nicht fliehen,
plötzlich waren sie da – die Kalorien.

Irgendwann schwoll dir der Kragen,
fällt dein Blick dann auf die Waagen.

Und wenn der Magen noch so knurrt,
mit Herrgotts Hilfe – jetzt wird gekurt.

Eine dünne Suppe – einen Fisch, wohl mehr Gräten,
so fing' es an mit den Diäten.

Ein Knäckebrot – einen halben Apfel als Saft,
abends war ich bereits geschafft.

Dii Aafneämkuur

Alles vongk joa doamöt aan:
"et send noch Eärpel en de Pann'".

Allee hopp – un lott maar jöke,
deä Räs – deä kan'se noch verdröke.

Doabee ne Fuusel un ö läker Beer,
dat Eene un dat angere Kii-er.

Hengen ö-röm – man hät'se neet jesii-en,
op ens woare'se doa – de Kalorii-en.

Örejenswan baarsch dech d'r Kraach,
jeet dii-ene Blek due op dii Woach.

Un wän deä Maach ooch noch sue knurt,
Härjott hölep – jät's wörd jekuurt.

En faade T'supp – ne Voisch möt Jräet',
sue vongk'se aan dii "Null-Diät".

Ö Knäkebruu-et – ne halve Appel,
s'oavends kree-ich ech all ne Rappel.

Morgens für die Fitness trainieren,
abends kriechen auf allen Vieren.

Es ging nun in die Kraftraumhalle,
danach spuckt' ich Gift und Galle.

Ab in die Sauna hieß es sogleich,
es folgte Fango mit Schlamm aus dem Teich.

Es kam dann nicht von ungefähr,
ich aß und trank schon lang' nichts mehr.

Ich sah in den Spiegel und sah meine Bleiche,
"war ich das – oder eine lebende Leiche"?

Von einem Extrem zum anderen hin,
liebe Leute – das macht doch keinen Sinn!

Nun sitz' ich mit Ruh' auf meiner Terass'
trink' einen guten Wein aus dem Glas.

Essen mit Maßen – mit Bedacht portioniert,
ein guter Rat – es funktioniert!

*

S'morjens vör de Fitnes loope,
ech soach mech duur dii Välder kruupe.

Dann jing et en de Muki-Buud,
deä Schuum schtongk mech al vör de Schnuut.

Aaf en de Sauna heet et doanoar,
un wiijer möt Fango un Mälem uut et Moor.

Et kömp due net van onjevii-er,
ech oat on drongk all lang neks mii-er.

Wii ech dree Weäke laater en d'r Schpeejel kii-ek,
"woar ech dat – of en leävende Liik"?

Van dat eene Äkstrem en dat Angere ö-ren,
leev Lüü – dat mäk doch känne Senn.

Nu sett ech möt Rau op miin Terass,
hab' ne joo-e Wiin em Jlaas.

Eäte möt Moate – et beäs portsionii-ert,
ne joo-e Roat – et fongtsionii-ert!

*

Die Schweinsfreude

Genau überlegt ist das Wort nicht zum Lachen,
sieht man das Schwein mit dem Messer im Nacken.

Wie soll da Freude aufkommen?
Von vorn herein ist das Schwein der Dumme.

Die Leute geben sich gern wie ein "Bonz",
"für das Schwein waren Kost und Logis doch umsonst"!

So ein Gerede kann das Schwein nun gar nicht versteh'n,
man sollte alles von zwei Seiten seh'n.

Wer zuletzt lacht – der lacht besser,
und der Schlachter schleift das Messer.

Ich glaub' das Schwein hätte noch kurz gelacht,
bevor der Metzger es geschlacht'.

Des Menschen Freude in Ehren,
doch die arme Sau kann sich nicht wehren.

Und der Metzger besteht darauf,
das Schwein zu zerteilen – dann wird es verkauft.

Dii Värkesvroit

Wän ech dat Woard sue rait överlääg,
on sii-en dat Värke möt ö Mäts en d'r Näk,

Wii sal doa Vroit opkome?
Van vüere ö'ren ös dat Värke d'r Dome.

De Minsche döks en Vroit sech bääre,
dii ärem Sau kann sech schlait weere.

De Lüü jeäve sech jeär jeneröes,
"vör dat Värke woar Koos un Lojii toch ömesöes"!

Sue'ne Kool kann dat Värke nu jaarnet lii-e,
äver et jöev joa emmer twii-e Sii-e.

Weä et läts laach – laach et beäs,
un de Schlachter schliip dat Mäts.

Ech meen dat Värke hai noch jau jelaach,
bevöer deä Mätsjer öm jeschlaach.

Un deä Schloiter beschteet doa drop,
dii Sau te portionii-ere – dann wörd se verklopp.

Filet, Eisbein, Kotelett und Wurst,
alles verarbeitet – bis ans Ende vom "Knuursch".

Ein Schwein, so hört man – das soll es geben,
könnte noch eine Zeitlang als Schinken überleben.

Vielleicht hat das Schwein noch einen besonderen Willen,
einmal als Würstchen zu grillen.

Ein letzter Gruß dem Schwein zu gedenken,
ist die Speisekarte in den Schänken.

Am Tisch sitzt das Volk; des Essens wegen,
es wird gebetet und Pastor gibt den Segen.

Der Kellner kommt, das Essen wird gebracht,
dann wird gefeiert, getrunken und gelacht.

Und jeder weiß am Ende heut',
ja – das war eine schweinische Freud'.

Auf diese Moral – da muss man erst kommen,
aber wie gesagt;
"das Schwein waren die Dummen".

*

Filet, I-isbeen, Kotelet un Wuursch,
alles verwärek – bös aan't Äng van deä Knuursch.

Ö Värke, sue hüert man – dat sal et joa jeäve,
küü-es noch en tiitlang als Schengk överleäve.

l
Flee-its haad dat Värke noch ne laats'de Well,
eemoal als Wüerschke op d'r Jrill?

Ne läts'de Jruus däm Värke te jedängke,
ös dii Schpaisekaart en de Schängke.

Rongk öm deä Doisch set dat Volik beeneen,
et wörd jebät un Pastuur jöev d'r Säen.

Deä Kälner kömp – dii Sau wörd servii-ert,
dann wörd jesonge, jelaach un jefii-ert.

On jedem wörd dann enjebleut,
joa – dat woar en Värkesvroit.

Op dii Moraal - doa moss'e komme,
äver wii jesait: "dat Värke woar d'r Domme".

*

Die Goldhochzeit

Kinder wie die Zeit vergeht,
seh' ich auf das Hochzeitsbild

Marie; sie war ein stattliches "Madämchen",
hielt Heinrich an dem rechten Händchen.

Der schönste Tag im Leben,
konnte es damals etwas Besseres geben?

Hochzeitstag, Feier, auf Reisen gewesen,
gondeln in Venedig war im Album zu lesen.

Sechs Kinder und zwölf Enkelkinder,
die aufzuzählen – fehlen dir einige Finger.

Fünfzig Jahre plus zwei Generationen,
nun im Haus zusammen wohnen.

Vom Rhein bis an die Grenz',
bei Goldhochzeiten wird gekräntz'.

Rund um die Haustür kommt viel Grün,
goldene Blumen dazwischen blühen.

De Jolthochtiit

Kenger wii dii Tiit verjeet,
luurt man op dat Bruuletsbeld.

Marii-e; dat woar ö schtaat's "Madämke",
heel Drikes aan dat fiine Hängke.

D'r schuu-ens'de Daach em Leäve,
kuu-es et vroijer jät beätersch jeäve?

Traudaach, Vaier, Huu-echtiitsrääs,
send en Venedig jondele jewäs.

Sääs Puute un twälef Kengkeskenger,
dii op te tälle – veäle ne hoop Venger.

Viiftsich Joar un twii-e Jeneratsioune,
dii-ene nu t'saame woune.

Van d'r Riin bös aan de Jränts,
be Jolthochtiite wörd jekränts.

Öm de Huusdüer kömp vüel jröön,
jolde Blömkes doatösche blöien.

Die Familie, Nachbarn und die man so kennt,
jubeln und schütteln dem Goldpaar die Händ'.

Zur Kirche man dann mit der Kutsche fuhr,
dies geschah aus dem Grunde nur,

um zu hören, wenn der Priester fragt;
klappt es noch - und gilt der Vertrag.

Im Restaurant "Zum letzten Tropfen" dann,
eine Nachlese von Josef Petermann.

Später nach dem Hochzeitsschmaus,
sagte Heinrich dann frei heraus:

"Maria, mein lieber Goldfasan,
was hast du doch ein Glück mit so einem guten Mann".

Maria fand die Worte übertrieben nett,
sie antwortete darauf etwas kokett:

"Bei zwei unserer Kinder hast du geschwänzt"!
Man hört – es ist nicht immer alles Gold was glänzt.

*

Familisch, Nobbers on Bekäng',
juubele on schöddele däm Joltpaar de Häng'.

Noa de Kerk nu möt de Kutsch,
te hüere of et noch ens flutsch –

wän Pastuur doa vroere deet;
"maak't ör wiijer – of sed ör et leet?"

Em Rästaurang "T'sum lätsde Dröpke",
en Laudatsio van Pietersch Jüppke.

Un laater noar deä Huu-echtiitsschmaus,
sait Drikes dann jont's vree ö-raus:

"Marii-e, mii-ene leeve Joltfasaan,
wat häs du ö Jlök möt sue'ne joo-e Moan".

Marii-e vongk dat överdrii-eve nät,
öm dat'se drop dann saare deet:

"Twii-e van dii Blaare send äver net dii-en Päns"!
Et ös e-äves net alles Jolt wat jlänts.

*

Die Neugier

Neugier – das ist ungelogen,
manchen Menschen angeboren.

So erzählt eine alte Mär,
ihr kennt das ja von früher her.

Von der Geschichte – in Köln geschehen,
ist heute dort noch ein Denkmal zu sehen.

Morgens pflegten die Leute aufzustehen,
da war die Tagesarbeit schon geschehen.

Die Menschen hatten keinen Stress,
wäre da nicht eine neugierige Frau gewesen.

Erbsen auf die Treppe zu streuen,
um etwas zu erfahren und dann zu bereuen.

Eine Vorwitznase – sie war nicht fair.
Die Heinzelmännchen kamen nicht mehr!

Dii Vöerwetsnaas

Vöerwets dat ös unjeloere,
mänich eene aanjeboere.

Sue vertällt en alde Mäer,
ör kännt dat joa van vröijer her.

Över dii Jeschicht uut Kölle am Riin,
ös doa hüet noch ö Dengkmoal te sii-en.

Et morjes dii-ene de Lüü opschtoan,
doa woar de Ärbet all jedoan.

Dii Minsche haade känne Schträss,
wüer doa net sue'n Vramesch jewäss.

Ärete op de Tropp te lääje,
öm te wii-ete wat'se doa deeje.

En Vöerwetsnaas – dat doll Jeschii-er,
dii Heinzelmänkes - koame net mii-er.

Nicht neugierig zu sein, der Himmel bewahr',
Gertrud von nebenan kam damit nicht klar.

Bei Hinz und Kunz hat sie nachgefragt,
vielleicht hätte jemand etwas gesagt.

Sie wusste genau was auf der Straße passiert,
wer mit wem und wie liiert.

Tagein und –aus von früh bis spät zu warten,
erkundigt sie sich in Haus und Garten.

Sie bedauert, sie weint und macht ein Gesicht,
hat sie nicht schnell einen aktuellen Bericht.

Dann fragt sie dir ein Loch in den Bauch,
sonst steht sie als Vorwitznase auf dem Schlauch.

Alles was neu ist – ist morgen alt und verstaubt,
von dem was erzählt wird –
wird sowieso nur die Hälfte geglaubt.

*

Neet vöerwetsech te sii-en ös ärech schwoer,
dat Trüüs van neävenaan kömp' doamöt net kloer.

Be Hinz un Kunz sech Trüüs envormeere,
maar öm jät jewaar te weärde.

Dii witt jenau wat op de Schtroat passiert,
weä möt wäm on wii lii-ert.

Daachs-een on uut, van vroi bös laat,
schnöfelt'se en Huus un Jaart.

Se beduurt, se jrint un träk en Schnuut,
krii-ech'se dat Noi-e net vlott jenoch ö-ruut.

Dann vroach'se dech ö Loo-ek en d'r Buuk,
en Vöerwetsnaas wii et schteet em Book.

Alles wat noi es – ös morje wär oot,
un wat sue vertällt wörd –
maar de Hälev wörd jejlout.

*

Die Feinarbeit

Alles fing ja damit an,
ich muss gleich gehen – bin schon spät dran.

Ich schau auf die Uhr – mein lieber Gott,
die tut es nicht mehr – die ist wohl kaputt.

Eine Pinzette in der Hand
und eine Taschenlampe im Mund,
geh' ich der Ursache auf den Grund.

Dann hab' ich die Uhr auseinandergenommen,
erst den Deckel, um bis zum Boden zu kommen.

Eine präzise Arbeit mit meinen groben Fingern,
irgendetwas klemmt man kommt nicht dahinter.

Ich benötige meine Brille, um besser zu sehen,
eine ruhige Hand um die Schräubchen zu drehen.

Rädchen für Rädchen leicht angehoben,
aber es ging nicht weiter nach oben.

Um Himmelswillen nein – weit von meinem Wissen entfernt,
für jemanden der so etwas nicht gelernt.

Deä Knibbelskroam

Alles vongk joa doamöt aan.
Wii laat ös et – mod ech jliike joan?

Ech luur op dii Uur – du leäven Jott,
dii deet et net mii-er – dii ös waal kapott.

En Pintsett' en de Hongk,
un en Täeschelamp en d'r Mongk,
joan ech de Uursaak op d'r Jrongk.

Due hab' ech dii Uur utreenjenoame,
ii-ersch deä Däkel un dän deä Boa-em.

Sue fii-ene Ärbet möt mii-en jroove Venger,
örjesjät klämp' – man kömp' net doahenger.

Ech bruuk miinem Brell öm beäter te sii-en,
en röö-ije Hongk öm dii Schrüevkes te d'rii-en.

Rädsche vör Rädsche leet aanjehoave,
äver et jing net wiijer noa boave.

Maaseskenger nää – ös dat komplitsii-ert
vör Eene deä suejät neet jelii-ert.

Dazwischen geblasen – mit dem Hammer gekloppt,
eine Feder flog mir dann an den Kopf.

Es fiel alles zusammen – wie ist das passiert?
Mein Lebtag bekomme ich das nicht mehr repariert.

Hunderte Einzelteile in eine Dose gepackt,
ein Uhrmachermeister war nun angesagt.

Drei Tage später – die Uhr lief wieder wie einst,
gefehlt hat ein Tropen Öl – so wie es scheint.

Steht deine Uhr vielleicht irgendwann,
lass die Hände davon –
eine Uhr reparieren ist "Knibbelskram".

*

Doatösche jebloase – möt d'r Haamer jeklopp,
en Veer vloo-ech mech due aan d'r Kopp.

Et veel alles tesaame – wii ös dat pasii-ert?
S'läevdaach krii-ech ech dat neet reparii-ert.

Dii hongerte Denge en ö Düeske jelait,
eene Meester woar nu aanjesait.

Dree Daach laater – dii Uur leep wii ö Döpke,
et haad maar jevält – van Olii ö Dröpke.

Un bliv dii Uur örejeswan schtoan,
lott de Häng' doavan –
en Uur reparii-ere ös "Knibbelskroam"!

*

Aufhebens machen

Aufhebens machen – das weiß das kleinste Kind,
aus dem Geschehen niemand entrinnt.

Manch einem wird die Zeit gestohlen,
wenn sich die Dinge wiederholen.

Eine Menge Kleinigkeiten verschwinden,
und sind in Schubladen wiederzufinden.

Wenn jemand weiß wo der Kram vorher war,
käme man damit vielleicht wieder klar.

Genau ist dies aber nicht zu beschreiben,
lasst daher die Fantasie einfach treiben.

Shakespeare bekundete sein Unverständnis,
indem er sagte: „viel Lärm um nichts"!

Eine Art des Aufhebens ist die Kleinkrämerei,
ähnlich wie einst Kolumbus mit dem Ei.

Dat Jedööns

Ö Jedööns – dat witt d'r kleenste Krott,
hät jeder – dat kri'se net mii-er vot.

Et send'er dii de Tiit verpolvere,
un möt Jedööns duur et Leäve holvere.

Ne hoop Jedööns ös nät doa te venge,
jeder hät en Kroasträk vör all dii Denge.

Wän man wöes woa dat Jedööns vörhär woar,
küü-em man doamöt flee-its kloar.

Jenau ös dat äver neet te beschrii-eve,
lot maar möt Bedait de Fantasii drii-eve.

Shakespeare haad et lang jewous,
vüel Schpektaakel – äver neks los.

En T'sort Jedööns ös ooch ne Behai,
net wii Kolumbus möt dat Ai.

Worauf ließ einst Kanzler Schröder es beruhen:
„mit dem Jedööns hab' ich nichts zu tun".

Reißt dir die Hose einmal am Zaune,
mit Aufheben machen verdirbt man die Laune.

Der DFB zahlt Geld, das er gar nicht hat,
dennoch wird davon kaum Aufhebens gemacht.

Tritt einmal die Maus auf den Elefant',
kein Problem – umgekehrt das wäre riskant.

Die Blutwurst, die heißt bei uns "Flöns",
davon macht bei uns keiner ein "Jedööns".

Aufhebens machen – womöglich noch klagen,
der Doktor holt das Gerümpel aus dem Magen.

Ich hoffe, ihr wisst nun was ich meine,
sonst bleibe ich mit dem "Jedööns" alleine.

*

Wii sait Kansler Schröder toch sue schuu-en,
möt dat Jedööns – hab' ech neks te duu-en.

Rit'se de Boks ens aan d'r Tuun,
lount et sech neet vüel Jedööns te duu-en.

Deä DFB betalt et Jält onger de Däk,
doavan woard möt Bedait jeen Jedööns jemäk

Dii Muus trett op deä Elefant,
ömjekii-ert – dat Jedööns – dat wüer riskant.

Dii Blootwuursch hit be os ooch Flöns,
doavan maake wör jeen Jedööns.

Optööch maake – dat ech net laach,
deä Doktor hoalt dat Jedööns uut d'r Maach.

Ech hoo-ep ör witt nu wat ech meen,
söes blii-ev ech möt dat Jedööns aleen.

*

Der Kiosk

Ein "Büdchen" ist ein kleiner Kiosk bloß,
rund oder eckig und nicht sehr groß.

Gebaut mit Brettern oder Stein,
hat einen Platz für sich allein.

Es war ungefähr in der fünfziger Jahren -
als überall noch Trümmer lagen,

wurde auf dem Rintger Markt – wo der Bus hält,
eine Wartehalle und ein Kiosk hingestellt.

Man sagte ja oft – und da ist etwas dran,
ein Kiosk ist ein Kaufhaus für den kleinen Mann.

Ein Rähmchen hatte der Kiosk von zwei Seiten,
von drinnen und draußen
ließ sich der Verkauf bestreiten.

Dat Büütsche

Ö Büütsche ös en kleene Buut,
rongk of äkisch un net jruu-et.

Jebaut möt Bre-er of möt Schteen,
haad ene Plaats vör sech alleen.

Öt woar net en de viiftsijer Joare
als üewerall noch Trömmer loare,

woard op d'r Rintscher Maart – woa deä Bus hält,
en Wartehall möt Büütsche henjeschtält.

Man sait joa döks – un doa ös jät draan,
ö Büütsche ös ö Koophuus vör deä kleene Moan.

Ö Räämke haad dat Büütsche van twii-e Käng',
van böne un buute schtonge dii Lüü aan't Äng.

Der Mensch in dem Kiosk
war nicht so geboren,
er hatte im Krieg einen Arm verloren.

Mit einer Hand bediente er so nebenbei,
so schnell wie Andere oft mit zwei.

Außer Zeitungen, Illustrierten und Fahrkartenverkauf,
gab es Süßigkeiten für Kinder –
Lakritz und Drops gab es auch.

Glanzbilder, Fastnachtartikel, Gebinde,
vielleicht auch Sonnenbrillen für Blinde.

Getränke gab es und Tabak zum Rauchen,
und Dinge die niemand wird brauchen.

Gut zwanzig Jahre hat der Kiosk dort gestanden,
man war daran gewöhnt und hat daran gehangen.

Danach wurde der Kiosk abgerissen,
aber mehr dazu wollt ihr sicher nicht wissen.

*

Deä Minsch en dat Büütsche op dii Empoore
haad em Kree-ich ne Ärem verloore.

Häe bedeenet möt een Hongk sue vlott neävebee,
wii angere Lüü möt däärer twii-e.

Neäve T'saitunge, Ilustrii-erde un Vaarkaartverkoop,
joo-ev et sööt Jerai vör de Kenger –
Peäkt'soker un Drop'.

Jlantsbeldsches, Fasteloavendsdenge,
flee-its ooch Sonenbrelle vör Blenge.

Jät vör te drengke un te ruuke,
un Denge dii nii-emes kann bruuke.

Joot twentisch Joar
hät dat Büütsche doa jeschtange,
man woar et jewännt un hät draan jehange.

Doanoar woard dat Büütsche aavjerii-ete,
äver mii-er wollt ör seeker net wii-ete.

*

„Zur Mopp"

Man muss weit in der Zeit zurückgreifen,
um etwas über die Wirtschaft- und Backstube
"Zur Mopp" zu erzählen.

Das Haus stand an der Regenseite,
auf dem "Alten Markt" in Viersen.
Genau genommen war es nur ein Anbau,
und gehörte zu dem Gebäude daneben
"op den Steinweg"

Sehr breit war der Anbau bestimmt nicht.
Aber er erstreckte sich weit hinten durch.
Direkt daneben lag die "Steinwegs-Gasse".

Nachweisen lässt sich, dass es dem
Schultheiß von Barsdonk im Jahr 1450 gehörte.

Um 1600 herum hat Hermann op den Steinweg
den hinteren Teil des Hauses an die gegenüber
wohnende Familie Gronendeal verkauft.

Eine alte Zimmerei wurde umgebaut
und als Pferd- bzw. Kuhstall benutzt.
Den vorderen Teil des Hauses kaufte
"Trienken op den Steinweg".

„Zur Mopp"

Man mod wiit en de Tiit teröök jrii-epe, öm jät
üewer dii Wii-ert- un Bakschtuef "Zur Mopp" te vertälle.

Dat Huus schtongk op de Räängershöt-Sii-e,
op deä "Alde Maart" en Vii-ersche.
Jenau jenoame woar et maar ne Aanbouw,
un jehüeret be dat Jebouw "op den Steinweg" van neävenaan.

Ärech breet woar deä Aanbouw seeker neet.
Äver et jing onverhofs wiit hinge duur.
Direktemang doaneäve loach de "Steinweäjes-Jots".

Noarwii-ese löt sech, dat et däm Schooltais
von Barsdonk öm 1450 sii-en Eejedom woar.

Öm 1600 öröm hät Hermann op den Steinweg
dat hengere Huusdeel aan dii teäjenüewer
wounende Familisch Gronendeal verkout.

En alde Tömmerai woard ömjebouwt
un als Peärds- of Kuuschtal benots.
Deä vöerdere Deel van dat Huus hät
"Trinken op den Steinweg" jejolle.

Früher war es ganz normal,
dass Wirtschaft und Backstube zusammengehörten.
Bekannt wurde die Wirtschaft durch Schmitz Peter.
Und das kam so:
gegenüber der Remigiuskirche lag die Steinwegs-Gasse.

Die Leute, welche aus dem Nopp
oder der Löh zur Kirche gingen,
hatten meistens eine Anzahl Kinder dabei.
Sie mussten vom Schultheißenhof durch die Gasse,
an der Backstube von Schmitz Peter vorbei.

Peter war kein Brot-, jedoch ein sogenannter "Zuckerbäcker".
Allein der Geruch dieser süßen Leckereien,
zog die Menschen unweigerlich an.

Seine Spezialität waren die gern gegessenen "Möppkes".
Das waren klein geschnittener Pfefferkuchen,
die tütchenweise bei Schmitz Peter gekauft wurden.

Es dauerte nicht mehr lange, dann ließ Peter
vorne ein Transparent "Zur Mopp" anbringen.

Soviel wie bekannt ist, hat die Schmitz-Tochter;
das "Trautchen", 1914 Strötges Josef geheiratet.
Sie haben dann die Wirtschaft übernommen.

Vröijer woar et jonts normaal,
dat Wii-ert- un Bakschtuef tesaame jehüerde.

Bekänt jewoarde ös dii Wii-ertschaf
Duur Schmitz Pitter – un dat koam sue:

Teäjenüewer van de Remigiuskerk
loach dii Steinweäjes-Jots.

Dii Lüü, die van et Nopp of de Löh noa de Kerk jinge,
haade et mee-is ne hoop Puute doarbee.
Se moote van d'r Schooltaissenhoaf duur dii Jots
lans dii Bakschtuef van Schmitz Pitter vörbee.

Pitter woar käne Bruu-et-waal
äver eene suejenöemde "T'sokerbäker".
Alleen deä Röök van dat söete Jerai
troo-ek de Minsche onwaijerlich aan.

Sii-en Schpetsialität woare dii jeär jejeätene "Möppkes".
Dat woare kleen-jeschnii-ene Peäperköekskes,
dii tüütewiis be Schmitz Pitter jejolle woarde.

Et düerde d'röm ooch net lang, dann leet Pitter
vüere ö Transparänt "Zur Mopp" aanbrenge.

Suevüel wii bekännt ös, hät dii Schmitz-Dauter
et "Trautche", 1914 däm Strötges Jupp jetraut.
Se habe due öm dii Tiit dat Wii-ertshuus övernoeme.

Mit viel Humor und Originalität,
konnte Strötges Josef seine Gäste unterhalten.
Er war für jeden Blödsinn zu haben.

Nicht allein die Gäste hörten,
was der "BEO" für Worte gelernt hatte.
Auch die Vögel im Käfig haben gern "Einen" getrunken.

Josef war ein Vogel- und Blumenfreund.
Die alten Stammgäste wussten noch,
wie sie beim "Dämmerschoppen";
an dem Platz wo die Kakteen standen,
das wach werden der "Königin der Nacht" erlebten.

Aber wie das so geht – nichts dauert ewig!
Im 2. Weltkrieg ist auf dem "Alten Markt",
durch Bombeneinschläge
viel an Bausubstanz zerstört worden.
Die ganze Reihe der Häuser auf der westlichen Seite
musste abgerissen werden.

Und so ging auch 1957 mit dem "Mopp"
ein Stück Wirtshaus-Romantik verloren.

*

Möt vüel Humor un Orijinalität
kuu-es Ströetges Jupp sii-en Jeäs ongerhalde.
un woar vör jede Jekerai te habe.

Neet alleen dii Jeäs luusterde
wat deä "BEO" vör Wöerd jelii-ert haad.
ooch dii Vüüjel en d'r Käfich
hant'ör sech jeär Eene „jetwitschert".

Jupp woar ne Vuurel- un ne Bloomevröngk.
Dii alde Schtammjeäs wii-ete noch,
wii se be d'r "Dämmerschoppe",
aan deä Plaats woa dii Kakteen schtonge,
dat woker weärde van d'r "Könijin d'r Nait" erleävde.

Äver wii dat ö-sue jeet – neks duurt ewich!
En d'r 2. Wältkreech ös op d'r "Alde Maart"
duur Bombe vüel kapott jejange.

Dii jontse Rai Hüüser op de wästlike Sii-e
moot avjerii-ete weärde.

Un sue jing ooch 1957 möt d'r "Mopp"
ö Schtök Wii-ertshuus-Romantik verloore.

*

Nachwort

Wie bereits bekannt, bedanke ich mich bei denen,
die mitgeholfen haben, die Geschichten zu erzählen.
Dies waren:

Willi der begriffen hat, dass es nichts umsonst gibt.

Wie zuletzt ein Ei in die Pfanne geschlagen wird.

Dass die Krakeelerei nichts bringt.

Der Bach nun unter der Erde läuft.

Am Aschermittwoch alles vorbei ist.

Meistens ist das Schwein der Dumme.

Es ist nicht alles Gold was glänzt.

Neugier nicht immer gut ist.

Kleinigkeiten oft viel Zeit bedürfen.

Hein – der stets viel Aufhebens macht.

Den Kiosk gibt es nicht mehr.

Der "Mopp" verabschiedet sich.

Noarwoert

Wii bekännt, saaren ech wär Dangk
all dänne dii mötjeholepe habbe,
dii Schtökskes te vertälle.
Dat woare:

Will deä bejrii-ebe hät, dat et neks ömesöes jöev.

Wii op et läts ö Ai en de Pann jeschlaare wörd.

Dat dii jontse Bajerai neks brengk.

Dii Beäk nu onger de Eärd löpp.

Aan Aischermeddes alles vörbee ös.

Mee-is ös dat Värke d'r Domme.

Et ös net alles Jold wat jlänts.

En Vüerwetsnaas net emmer joot ös.

Man vör Knibbelskroam vüel Tiit nüedech hät.

Hein – deä alde Bajersok.

Wän man möt Jedööns alleen bliv.

Dat Büüdsche jöev et net mii-er.

Deä "Mopp" set Adieu.